ICY SE VOIT L'HOMME SANS BRAS
Rauly fe
LA FOIRE
LAURENT

LA FOIRE S. LAURENT,

COMEDIE.

En 1709.

Par Monsieur Legrand,
Comedien ordinaire du Roy.

Le prix est de dix-huit sols.

A PARIS,

Chez Pierre Ribou, Quay
des Augustins, à la Descente
du Pont-Neuf.

M. DCC. IX.

AVEC PERMISSION.

ACTEURS.

FRONIMOND, Pere de Lucile.

LUCILE, Fille de Fronimond.

Me RAYMONDE, belle-sœur de Fronimond, amoureuse de Therame.

THERAME, Amant de Lucile.

DANDINET, Gentilhomme de Beauce, Amoureux de Lucile.

LA VERDURE, Valet de Therame.

BLAISE, Païsan, Domestique de Therame.

GRISON, Valet de Fronimond.

BATELEURS.

L'ENROUE'.
GILLE.
BRAILLARD.

Plusieurs Musiciens & Musiciennes, vêtus à l'Indienne.

La Scene est à la Foire S. Laurent.

LA FOIRE S. LAURENT,

COMEDIE.

Le Theatre represente la Foire. Plusieurs Violons sous des figures grotesques joüent des airs differens, pendant que plusieurs Bateleurs & Farceurs appellent les passans.

SCENE PREMIERE.

L'ENROUE', GILLE, BRAILLARD, THERAME, BLAISE.

L'ENROUE'.

LEs Danseurs, Sauteurs, Voltigeurs,
Ce ne sont point des bagatelles :
On joüe ici, Messieurs,
En personnes naturelles.

LA FOIRE

GILLE.

C'eſt ici chez nous :
Entrez vîte , depéchez-vous.
Venez voir cette Parodie,
Avec ce Turc d'Italie.

BRAILLARD à *Blaiſe.*

Voir ici ces beaux animaux,
Meſſieurs , le combat de Taureaux.
Ne vous amuſez pas davantage à la porte ;
Car on va commencer.

Les Bateleurs , Farceurs & Violons
rentrent dans leurs loges pour com-
mencer leurs jeux.

BLAISE.

Le diable vous emporte.
Et morgué commencez , ou ne commencez pas ,
Je nous en battons l'œil , jarni que de fracas :
Dans cette Foire-ci l'on ne ſçauroit s'entendre ,
Reprenons mon diſcours :

THERAME.

Et que veux-tu reprendre?
Finis.

BLAISE.

Je diſois donc que j'avois de l'eſprit.

THERAME.

Je ſuis content de toi , mon cher Blaiſe , il ſuffit.

BLAISE.

Depuis un mois je ſuis venu de mon village ,
Dont vous êtes Seigneur , & j'ai déja fait rage ,
C'eſt par moi... mais malgré tout ce que je vous fais,
Vous me laiſſez toûjours laquais de vos laquais.

THERAME.

Va , j'aurai ſoin de toi , cherche encore la Verdure,
Je ne puis m'en paſſer dans cette conjonĉture.

BLAISE.

Je l'ay cherché partout , & ne le trouve pas,

THERAME.
Où diantre est-il ? j'enrage, & dans cet embarras,
BLAISE.
Moi je le chasserois.
THERAME.
Ah ! le voici.

SCENE II.

THERAME, LA VERDURE, BLAISE.

THERAME.

Quoi, traître,

Depuis trois jours entiers...
LA VERDURE.
Doucement nôtre Maître.
THERAME.
Lucile vient ici dans ce même moment,
Mon rival l'y conduit. Cependant...
LA VERDURE.
Doucement.
Que vôtre rival vienne, & Lucile, & son pere,
Et toute leur sequelle : allez, laissez-moi faire :
Depuis trois jours entiers que je demeure ici,
Je ne me suis pas mal occupé, Dieu merci,
Et je n'ai pas toûjours passé le temps à boire.
Soyez sûr qu'il n'est point d'endroit dans cette Foire,
Dont vous ne soyez maître, enfin tout est à vous,
L'homme aux Tableaux changeans, les Marchands, les filous,
L'homme sans bras, le Turc, les Farceurs, jusqu'à Gille,

Tout est ici d'accord pour enlever Lucile.

THERAME.

Comment donc, tous ces gens sçavent nôtre secret !

LA VERDURE.

Quoiqu'ils soient tout à nous, ils ignorent le fait.
De leurs jeux seulement ils m'ont rendu le maître,
Sans penetrer plus loin, & j'y sçauray paroître
Sous leur propre figure : Enfin je ne dis rien,
Vous verrez si tantôt je m'en tirerai bien :
Et si quand je m'en mêle on peut mieux contre-
    faire. . . .

THERAME.

Si mon rival trop sot, Fronimont trop severe,
Ne veulent point aller à ces spectacles-là.

LA VERDURE.

La Foire saint Laurent n'a de beau que cela.
Quoiqu'il arrive enfin, j'enleverai Lucile.
L'argent que j'ai donné me rendra tout facile ;
De vos cent Loüis d'or, aussi je n'ai plus rien.

THERAME.

Quoi tout est dépensé !

LA VERDURE.

      Bon j'en ay mis du mien.
L'homme sans bras m'a pris lui seul trente pi-
    stoles ,
Jugez du reste, & si. . .

THERAME.

      Du moins tu me consoles.
Par l'espoir. . .

LA VERDURE.

    Esperez que tout reüssira.
Croyez-vous que Lucile aussi consentira
A cet enlevement ?

THERAME.

      J'en suis sûr. Voilà Blaise
Qui me vient d'apporter réponse.

LA VERDURE.

> J'en suis aise.

Lucile vous écrit ; c'est la premiere fois.

THERAME.

On ne lui laiſſoit rien à ce que tu diſois,
Ni plume , ni papier.

LA VERDURE.

> Mais c'étoit elle-même

Qui l'avoit dit.

BLAISE.

> Oh ! c'eſt que j'ai du ſtratagême,

Le billet de Monſieur ſans adreſſe ni rien ,
Eſtoit bien chatouilleux. J'ai trouvé le moyen
De le rendre pourtant.

LA VERDURE.

> C'eſt être bien habile ;

Car d'un pas Fronimond ne quitte point Lucile.

BLAISE.

Morguenne il n'a pas pû de moi ſe deſſier ;
Car j'ai fait le benêt, m'offrant pour Jardinier ;
Bref j'ai bien réuſſi malgré toute l'envie ;
Je n'avois pourtant vû Lucile de ma vie.

LA VERDURE.

Quoi jamais !

BLAISE.

Non , morgué : c'eſt là faire un grand coup.

LA VERDURE.

Tu l'as dû trouver belle.

BLAISE.

Un peu , mais pas beaucoup.

LA VERDURE.

Pas beaucoup !

BLAISE.

Non morgué.

THERAME.

> Blaiſe eſt bien difficile ;

Dans le monde il n'eſt rien au deſſus de Lucile.

BLAISE.

Dame, je ne ſcai pas me connoître en biauté,
Quand c'eſt une biauté ſur tout de qualité ;
Ils ſe peinturont tant, que je n'y connois goutte.
Il faut voir pour juger, n'eſt-il pas vray ?

THERAME.

Sans doute.

BLAISE.

Or donc… je ne ſçai plus ce que je vous diſois.

LA VERDURE.

Tu parlois de Lucile.

BLAISE.

Ah ! oüy, je diſcourois

Avec le vieux vieillard, c'eſt je penſe ſon frere.

LA VERDURE.

Non c'eſt ſon pere

BLAISE.

Enfin me tournant le derriere

Il me l'a baillé belle à finir mon deſſein.
J'ai fait ſigne à Lucile, & j'ai mis dans ſa main
Le billet de Monſieur, elle a quitté la place,
Et pis eſt revenuë, & pis m'a de ſa grace
Donné deux loüis d'or & réponſe au billet,
Et pis…

THERAME.

Tu m'as déja raconté tout le fait :

Il s'agit maintenant d'enlever cette belle.

LA VERDURE.

Blaiſe tout doucement va t'en au devant d'elle,
Et viens nous avertir.

BLAISE *bas*.

Oüi… comme j'y viendrai ;

J'en veux avoir l'honneur, & je l'enleverai
Moi tout ſeul ſi je puis.

SCENE III.

THERAME, LA VERDURE.

LA VERDURE.

Qu'a-t'on pû vous écrire,
Ne le puis-je sçavoir ?

THE'RAME.

Helas ! tu le peux lire.
Ma lettre luy parloit de cet enlevement,
La priant d'y donner un plein consentement;
Tu vas voir sa réponse, elle est pourtant d'un stile…

LA VERDURE.

Qui vous plaît ?

THE'RAME.

Non, je veux que l'on soit moins facile,
Qu'on se deffende un peu.

LA VERDURE.

Monsieur on ne voit plus
Dans ce siecle pervers de ces rudes vertus
Qui vous éclaboussoient de dix pas à la ronde,
Demandez-le plûtôt à Madame Raymonde,
La tante de Lucile; elle est de ce vieux temps,
Et souvent le rappelle en lisant ses Romans.
Elle vous aime un peu pourtant la bonne Dame.

THE'RAME.

Ah ! ne plaisantes point, & lis.

LA VERDURE, *lisant.*

Au bas au Thérame.

De vôtre amour persuadée,
Vous pouvez m'enlever, ma tendresse y consent,

Je m'en forme une aimable idée ,
Et je croy cela fort plaifant.

La petite friponne , elle s'enhardit bien.

THE'RAME.

Ce ftile me furprend & je n'y connois rien ,
Car dans nos entretiens ferieufe & timide ,
Jamais rien de pareil.

LA VERDURE.

         C'eft l'amour qui la guide;
Pour fon enlevement fi l'on manque ce jour ,
Elle conçoit fort bien qu'il n'eft plus de retour.
Mais à propos Grifon , le Valet de fon pere,
Dans tout cet embaras nous feroit neceffaire ;
Aprés avoir reçû de bon argent de vous ,
Il nous neglige un peu.

THE'RAME.

         Que peut-il plus pour nous?
C'eft par luy que j'ay fçû que partie étoit faite ,
Pour aller à la Foire , & depuis il la guette ,
Et c'eft fur fon avis que je me rens icy ,
Il doit même venir m'avertir : Le voici,

SCENE IV.

THE'RAME, LA VERDURE, GRISON.

THE'RAME.

E T bien, Grifon.

GRISON.

Monfieur, voici tout nôtre monde,
Pere, Rival, Maîtreffe, & Madame Raymonde.

THE'RAME.

Quoy cette vieille folle en est aussi ? Tant pis.

GRISON.

Pourquoy donc ? vous étiez jadis si bons amis.

LA VERDURE.

Il feignoit de l'aimer afin de voir sa niece.

THERAME.

Laissons cela.

GRISON.

      Toûjours vôtre sort l'interesse,
Elle vous compte encor au rang de ses amans,
Souvent elle vous nomme en lisant les Romans ;
Cependant je luy croy quelqu'autre amour en tête,
Car sa suivante, enfin, qui n'est pas une bête,
L'a vû tantôt répondre avec empressement
A certain billet doux.

LA VERDURE.

      Et qui seroit l'amant ?..

GRISON.

Monsieur l'a bien été.

LA VERDURE.

      Mais pour se moquer d'elle ?

GRISON.

La Dame a crû pourtant la chose bien réelle,
Encor . . . .

THERAME.

      C'est trop parler d'un objet que je hais,
Finissez, & venons au plûtôt aux effets.

GRISON.

Il n'est pas temps, nos gens sont aux Marionettes,
Vôtre sot de Rival se plaît à leurs sornettes,
Et fait de tels éclats que chacun rit de luy,
Il voudroit que cela ne finît d'aujourd'huy.

THERAME, à la Verdure.

As-tu mis là quelqu'un de nôtre intelligence ?

LA VERDURE.

Non, pouvois-je prévoir pareille extravagance,
Et que vôtre Rival s'en iroit d'abord là ?

THE'RAME.

Il ne verra peut-être aujourd'huy que cela.

GRISON.

Il veut voir tous les Jeux. Mais ce qui m'embarasse,
C'est que la nuit s'aproche, & que le temps se passe:
De plus ce Campagnard rit à tous les passans,
Il s'arrête à tous coups, admire à tous momens ;
Et même en arrivant l'une de ces donzelles,
Que le premier venu ne trouve point cruelles,
L'a d'un petit souris un peu gratieusé,
Il s'y seroit ma foy volontiers amusé.

THE'RAME.

Avec tous ces deffauts Fronimond l'idolatre,
Où diantre a-t-il pêché ce maudit Gentillâtre ?
Dans le fond de la Beauce, un homme sot, mal-
　　fait.

GRISON.

C'est parce qu'il est fils de Monsieur Dandinet,
Son ancien ami qu'il aime, qu'il revere.

THE'RAME.

Aprés avoir reçû la parole du pere,
Et le cœur de la fille, il faut que ce lourdaut
Se trouve en mon chemin, il faut enfin, il faut.

LA VERDURE.

Il faut ; mais il falloit en degoûter le pere,
Et toy qui devois tant les broüiller......

GRISON.

　　　　　　　　　　　　Comment faire ?
Quand le gendre fait mal le beau-pere applaudit,
Et le gendre d'ailleurs jamais ne contredit,
L'un apppouve toûjours, l'autre jamais ne blâme,
Quand j'aurois les talens & l'esprit d'une femme,
Je ne pourois jamais broüiller de tels esprits,

C'eſt pourtant un éceüil pour les meilleurs amis.
Mais les voici.

LA VERDURE.
Gardez d'être apperçû du pere.
Entrez dans cette loge, & puis laiſſez-moi faire.

THERAME.
Que je voye un moment Lucile.

LA VERDURE.
Ah ! ſans tarder
Entrez.

THERAME.
Un ſeul moment.

LA VERDURE.
Non c'eſt trop hazarder.
Ils entrent dans une loge.

SCENE V.

FRONIMOND, RAYMONDE, LUCILE, DANDINET.

FRONIMOND.

NOn je n'ai jamais vû de Gentilhomme en
France
D'une meilleure humeur.

DANDINET.
Oh vrayment je le penſe.

FRONIMOND.
Vous reſſuſciteriez un mort.

DANDINET.
Je ſuis plaiſant,
N'eſt-ce pas ? jovial ;

LUCILE *serieuse.*
Oui fort. réjoüissant.

FRONIMOND.

Vous m'avez bien fait rire à ces Marionnettes.
Ma fille, qu'est-ce donc ? quelle mine vous faites !
Vous soupirez, voyez vôtre futur époux,
Et ma sœur, vôtre tante ; enfin voyez-nous tous,
Nôtre humeur vous devroit inspirer de la joye.
Voyez.

LUCILE.

Que voulez-vous, mon père, que je voye :
Je ne suis point contente, & je voudrois en vain...

DANDINET.

Là, ne vous fâchez pas, vous la serez demain.
Vous me possederez, soyez plus patiente ;
Si vous attendiez donc, comme a fait vôtre tante,
Des trente & quarante ans.

RAYMONDE.

　　　　　　Pour avoir attendu,
Grace au Dieu de l'Amour je n'aurai rien perdu,
Il m'offre dans ce jour, m'ayant fait tant attendre,
Le sujet le plus beau, le mieux fait, le plus tendre
Qui soit sous son empire !

FRONIMOND.

　　　　　　Avec tous vôs Romans,
Ma sœur, vous avez eu toûjours quarante amans ;
Mais ils n'étoient, ma sœur, tous que dans vôtre idée.

RAYMONDE.

Oh ! pour cette fois cy j'en suis persuadée,
La chose est bien réelle, & j'en ay preuve en main.

FRONIMOND.

Mais quel est celui-cy ?

RAYMONDE.

　　　　　　Vous le sçaurez demain.
Le plaisir de l'amour n'est que dans le mystere,
Dans les difficultez.

　　　　　　　　FRONIMOND.

FRONIMOND.

Par ma foy pour bien faire,
Ma sœur, vous devriez brûler tous ces Romans,
Qui vous remplissent trop de leurs grands sentimens.

DANDINET.

Faites tout comme moy, je ne lis aucun livre,
Et si j'ay de l'esprit.

RAIMONDE.

Le bel exemple à suivre;
Mais vous serez content, mon frere, & mon espoir
Est de faire finir mon Roman dés ce soir;
La Foire me fournit une grande avanture,
Qui pourra parvenir à la race future.

FRONIMOND.

Ma foy vous êtes folle avec tous vos discours.

RAIMONDE.

J'ay folâtré longtemps avecque les amours;
Mais il en faut venir enfin au mariage,
A la conclusion.

FRONIMOND.

Vous n'êtes plus en âge,
Ma sœur...

RAIMONDE.

Pour mieux parler je n'y suis pas encor,
Mais mon frere, l'amour me fait prendre l'essor,
Apercevant Blaise qui luy fait signe.
Ne vois je pas l'agent de l'objet de ma flame,
Ouy, je touche au moment, & je sens dans mon ame.
Je vous quitte.

FRONIMOND.

Comment! Pourquoy nous quittez-vous,

RAIMONDE.

Je quitte mes parens pour suivre mon époux,
Adieu, l'amour l'emporte enfin sur la nature,
Et dans peu vous sçaurez toute mon avanture.

SCENE VI.

FRONIMOND, DANDINET, LUCILE.

FRONIMOND.

Quel galimatias !

DANDINET.

Vous la laissez aller ?

FRONIMOND.

Que faire, elle extravague, on a beau luy parler,
Point de raison, bientôt j'y pretend donner ordre.

DANDINET.

Elle vous donnera bien du fil à retordre :
Quand une femme est sage elle fait enrager,
Jugez quand elle est folle !

FRONIMOND.

Il y faudra songer.

SCENE VII.

FRONIMOND, LUCILE, DANDINET, LA VERDURE

sous la figure de Monsieur le Rat, montreur de tableaux de la Foire.

LA VERDURE.

Voir icy ces Tableaux changeans ;
Vous en serez contens,

Bien contens;
Tres contens.

DANDINET.

Voyons cela.

FRONIMOND.

Ce font des bagatelles pures,

LA VERDURE.

Vous verrez ces belles peintures,
Avecque ces riches bordures,
Le tout, Messieurs, à peu de frais;
Ces beaux ouvrages
Ont été faits
Par les mains des sauvages,
Et vous en serez satisfaits,
Bien satisfaits,
Trés satisfaits,
Fort satisfaits,
Extremement satisfaits;
La chose est trés bien ordonnée:
Vous y voyez le jour le plus beau de l'année,
L'amour sans interêt, avec la clef des cœurs.
Ne perdez point de temps, entrez vîte, Messieurs.

FRONIMOND.

Il faut avoir bonne cervelle......

LA VERDURE.

On ne prend qu'une bagatelle.
Vous y voyez de plus ce beau tableau mouvant,
Entrez, Monsieur, & si vous n'êtes pas content,
Et si la chose n'est pas belle,
En sortant
Je vous rends vôtre argent;
Mais je suis assuré que vous serez content,
Bien content,
Fort content,
Trés content,
Extremement content.

DANDINET.
Comment vous nomme-t'on?

LA VERDURE.
Mon nom est Fatiguant.

FRONIMOND
Aussi l'ê-es-vous bien, toûjours la même notte
Depuis dix ans, pour voir une chose aussi sotte.

LA VERDURE.
Je vous en prie entrez

DANDINET.
Il faut bien s'amuser;
Il nous en prie, & moy je ne puis refuser.

FRONIMOND.
Je reconnois bien là l'humeur de vôtre pere,
Il se livroit à tout.

DANDINET.
C'est tout comme ma mere,
Qui, dit-on, n'a jamais rien refusé ma: foy
Cela naît dans le sang, faites tout comme moy;
Entrez.

FRONIMOND, *riant.*
Il le faut bien, puisque l'on nous en prie,
Quoiqu'au fond ce ne soit qu'une badinerie;
Mais ce que vous voulez il faut bien le vouloir.

LA VERDURE.
Pardonnez-moi, Monsieur, la chose est belle à voir,
Trés belle à voir,
Trés jolie à voir,
Trés curieuse à voir,
Le Roy l'a voulu voir,
Ce n'est point menterie,
Et vous n'avez rien vû de pareil en la vie,
Ils entrent dans la loge.

SCENE VIII.

THE'RAME, LA VERDURE, GRISON.

LA VERDURE, *à Thérame.*

LE beau coup de filet, ne perdons point de tems,
Je m'en vais amuser le vieillard là dedans,
Et Grison le benêt ; attendez vôtre proye,
Dans un moment d'icy, Monsieur, je vous l'envoye.

SCENE IX.

THE'RAME, *seul.*

OH ! trop heureux Thérame , oh momens
fortuné !
Je vais ravir l'objet qui m'étoit destiné :
Je m'embarasse peu que le pere en murmure ,
Qu'il veüille proceder contre une telle injure ;
Sa fille est toute à moy, je ne luy vole rien,
Je ne fais seulement que reprendre mon bien ,
Et Lucile y consent. La voicy.

SCENE X.

THE'RAME, LUCILE

sortant de la loge.

LUCILE.

Quoy Thérame ?
C'eſt vous, pouvez-vous bien vous hazarder ?…

THE'RAME.

Madame.

LUCILE.

Si mon pere vous voit, à quoy m'expoſez-vous ?

THE'RAME.

Mes parens ſçauront bien appaiſer ſon couroux,
Ne perdons point de temps, venez, belle Lucile.
Fuyons.

LUCILE.

A quoy tend donc ce diſcours inutile ?

THE'RAME.

Les momens nous ſont chers.

LUCILE.

Quel eſt donc vôtre eſpoir ?
Me croyez-vous perſonne à trahir mon devoir ?

THE'RAME.

L'irreſolution nous va perdre, Madame,
Pour cet enlevemént tout eſt prêt.

LUCILE.

Quoy Thérame,
C'eſt un enlevement que vous me propoſez ?
Vous me connoiſſez mal, & vous vous abuſez ;
Je vous aime, il eſt vray, je ne m'en ſçaurois taire :
Mais un ſi grand deſſein, une pareille affaire,
Meritoit bien du moins mon aveu,

THERAME *lui montrant la lettre.*

Ce projet.

Par ce billet de vous....

LUCILE.

Comment donc, quol billet ?

THERAME.

Le billet ce matin qu'il vous a plû m'écrire,
Que voilà.

LUCILE *étonnée, prend la lettre.*

Donnez-moi.

THERAME.

Voulez-vous vous dédire ?

LUCILE.

Croyez...mon pere vient, & tôt retirez-vous.

THERAME *se cachant.*

Juste Ciel !

SCENE XI.

FRONIMOND, DANDINET,
LUCILE.

FRONIMOND.

Pourquoi donc vous éloigner de nous ?

LUCILE.

Je m'ennuyois de voir toutes ces bagatelles,
Je prenois un peu l'ai

DANDINET.

Voyons choses nouvelles.

FRONIMOND.

Faisons deux ou trois tours, & puis nous reviendrons.

DANDINET.

Voyons l'homme sans bras.

FRONIMOND.

Tantôt nous le verrons,

Grison suis-nous.

SCENE XII.

THERAME.

O Ciel ! que veut-elle me dire ?
Quelle froideur aprés ce qu'elle vient d'écrire !
Pourquoi si brusquement reprendre son billet :
Elle rompt avec moi, je la perds, c'en est fait.
Helas ! je me plaignois de la trouver facile.

SCENE XIII.

THERAME, LA VERDURE.

LA VERDURE.

Quoi vous êtes ici ! qu'a-t'on fait de Lucile ?
L'avez-vous mise en lieu de sûreté : mais
quoi !
Quel desespoir !

THERAME.

Lucile helas ! trahit ma foi.

LA VERDURE.

En voilà bien d'un autre : à quoi sert donc sa lettre ?

THERAME.

A me desesperer.

LA VERDURE.

Ayant sçû vous promettre...

THERAME.

Elle en vient de marquer un soudain repentir.

LA VERDURE.

Cependant de ces lieux il ne faut point partir
Sans l'enlever. Je veux...

THERAME.

Quoi sans qu'elle y consente?

LA VERDURE.

Les filles sont souvent d'humeur contrariante.
A toutes ces façons n'ayons aucun égard :
Pour vouloir s'en dedire, elle s'y prend trop tard.

THERAME.

Gardons-nous de lui faire un si sensible outrage.

LA VERDURE.

De son refus peut-être à present elle enrage.

SCENE XIV.

THERAME, GRISON, LA VERDURE.

GRISON.

Monsieur, Lucile vient de me prier tout bas
De vous dire qu'elle est prête à suivre vos
    pas ;
Qu'elle consent à tout ; que de vôtre innocence
Elle a presentement entiere connoissance.

LA VERDURE.

Ne sçavois-je pas bien qu'on se repentiroit?

GRISON.

Elle m'a dit encor qu'elle vous instruirom
D'un secret. . .

LA VERDURE.

Tout cela n'étoit rien que grimace :

THERAME.

Enfin quoiqu'il en soit, que faut-il que je fasse ?

LA VERDURE

Rien : demeurez ici, je vais avec Grison
Jouer à nos benêts un tour de ma façon.

SCENE XV.

THERAME.

R Eprenons quelque espoir aprés ma juste
crainte :
Vôtre flame pour moi n'est pas encor éteinte,
Adorable Lucile, & c'est assez pour moi,
J'oserai tout braver lorsque j'ai vôtre foi.

SCENE XVI.

THERAME BLAISE.

BLAISE essouflé.

A La fin vous voilà ; je cours toute la Foire
Sans vous trouver. Morgué j'ai gagné de
quoi boire.

THERAME,

Je n'ai bougé d'ici.

BLAISE.

            La Verdure ma foi,
Avec tout son esprit n'a pas tant fait que moi.

THERAME

Comment donc, qu'as tu fait?

BLAISE.

            Ayez l'ame joyeuse;
Je viens...

THERAME.

Quoi?

BLAISE.

            D'enlever enfin vôtre amoureuse.
Moi seul j'ai fait le coup.

THERAME *l'embrassant.*

            Ce que j'ai de bonheur
Me vient toûjours par toi.

BLAISE.

            Vous le voyez, Monsieur,
J'ai baillé ce matin vôtre lettre à Lucile,
Je l'enleve ce soir; suis-je un garçon habile?

THERAME.

Je ferai ta fortune.

BLAISE.

            Oh je n'en doute pas :
C,a le merite bien... Avec son grand fracas
La Verdure pourtant ne m'a pas fait la nique.

THERAME.

Mais où Lucile est-elle?

BLAISE.

            Elle est dans la boutique...
De ce certain Marchand... vous connoissez cela,
Un vendeur de p紅aume.

THERAME.

            Elle n'est pas bien là :
Il faut l'en retirer en toute diligence ;
Conduis-moi.

BLAISE

Baillez-vous un peu de patience :
Il faut m'attendre ici, je vais vous l'amener.

THERAME.

Oüi, mais si tu ne sçais te precautionner,
Le pere qui la cherche. . .

BLAISE.

Oh, j'ons de la prudence ;
Et je sçaurois fort bien avoir la prevoyance
De lui cacher le nez avec sa coëffe.

THERAME.

Bon,
C'est bien dit.

BLAISE.

Je sçavons raisonner la raison.

THERAME.

Cours vîte, je t'attens.

SCENE XVII.

THERAME.

Sans chercher de finesse,
Des autres ce lourdaut a surpassé l'adresse ;
C'est par lui seul enfin que je vais être heureux,
Il me rend possesseur de l'objet de mes vœux ;
Mais voici la Verdure.

SCENE

SCENE XVIII.

THERAME, LA VERDURE.

LA VERDURE.

ALlons, Monsieur, courage,
Grison a d'un Potier renversé l'étalage :
L'on retient Fronimond pour en payer les frais,
Disant qu'un Maître doit payer pour son laquais.
Il s'en deffend beaucoup. Pendant cette querelle,
Il vous est fort aisé d'enlever vôtre belle.
Venez.

THERAME.

L'affaire est faite ; il n'en est plus besoin,
Un plus adroit que toi vient d'en prendre le soin.

LA VERDURE.

Il faut donc qu'il ait fait tres grande diligence ;
Car j'ai toujours couru dans mon impatience.

THERAME.

Elle est en mon pouvoir, il suffit.

LA VERDURE.

Ah fort bien :
Avoüez cependant que c'est par mon moyen.

THERAME.

Non je ne suis tout redevable qu'à Blaise :
Lui seul a fait le coup.

LA VERDURE.

Monsieur, ne vous déplaise,
Je ne sçaurois encor m'imaginer comment.

C

SCENE XIX.

**THERAME, BLAISE, LA VERDURE,
RAYMONDE.**

THERAME.

LE voici qui m'amene un objet si charmant :
Mais que vois-je ?

BLAISE à *Therame.*
Monsieur, voilà vôtre Lucile.

à la Verdure.
Et vous retirez-vous, vous êtes inutile.

LA VERDURE.
C'est là Lucile ?

BLAISE.
Eh oui, celle à qui ce matin
J'ai rendu le billet.

LA VERDURE.
Au diable le mâtin.

BLAISE.
Otez donc vôtre coëffe afin que l'on vous voye.

LA VERDURE.
C'est Madame Raymonde.

RAYMONDE.
Ah que de sens de joye !
La pudeur la combat : mais puisqu'à ce billet
J'ai répondu d'un stile ; enfin cela vaut fait.
Allons, enlevez-moi ; j'ai lâché la parole,
Et de plus mon écrit.

LA VERDURE à *part.*
Maugrebleu de la folle.

BLAISE *à Therame.*

Vous ne lui dites rien. Parmi les gens de Cour,
Ce sont les femmes donc qui declarent l'amour.
Parmi nous païsans, cela n'est pas tout comme,
Et la femme morgué jamais n'agace l'homme.

RAYMONDE.

Affrontons les dangers, & parcourons les mers :
Que l'amour nous conduise au bout de l'Univers,
Quel plaisir d'habiter un antre inaccessible,
M'y voir seule avec vous.

LA VERDURE.

Et qu'un monstre terrible
S'en vînt vous devorer : Qu'aprés cela Monsieur
Au desespoir pensât en mourir de douleur :
Que cela seroit beau !

RAYMONDE.

Cher objet de ma flâme,
Vous ne me dites rien.

BLAISE.

Allons, Monsieur Therame,
Morguenne embrassez-la sans faire de façon.

THERAME.

Tais-toi, maraut.

BLAISE.

Ah ah morgué c'est tout de bon
Que diable a-t'il mangé ?

THERAME *bas.*

Mon pauvre la Verdure,
Je n'ai recours qu'à toi dans ma triste avanture.

LA VERDURE.

à Therame.   *à Raymonde.*

Ne vous demontez point, Madame, en ce moment,
Je vais tout preparer pour vôtre enlevement :
Entrez dans cet endroit dont Monsieur est le
  Maître.
Ne faites point de bruit, & gardez de paraître.

RAYMONDE.

Quoi seule ?

LA VERDURE.

Ce garçon dont l'esprit est charmant ,
Vous tiendra compagnie,& c'est pour un moment.

RAYMOMDE.

Un moment est beaucoup loin de ce que l'on aime.

BLAISE.

Je serai prés de vous , c'est un autre lui-même.

SCENE XX.

THERAME, LA VERDURE.

THERAME.

Voilà le dernier coup qui pouvoit me fraper.

LA VERDURE.

Où diable ce lourdaut s'est-il allé tromper ?
Mais aussi vous avez bien manqué de prudence :
Eonfier un billet d'une telle importance
Au plus sot....

THERAME.

Tu sçais bien que je n'avois que lui ,
Vous étiez tous ici.

LA VERDURE.

Mais pour comble d'ennui,

SCENE XXI.

THERAME, LA VERDURE, GRISON.

GRISON.

A Quoi songez-vous donc, & que voulez-vous
faire ?
Je mets dans l'embaras le rival & le pere,
Je fais signe à Lucile, & personne ne vient ;
Quelle indolence icy tous les deux vous retient ?
L'occasion vingt fois s'est offerte.

THE'RAME.

J'enrage.
Ce maudit Blaise...

LA VERDURE.

Allons sans tarder davantage...

GRISON.

Il n'est plus temps, nos gens viennent de ce côté.
Pour vous l'homme sans bras.

LA VERDURE.

Rien n'est encor gâté ;
L'homme sans bras n'est point à présent à la Foire;
A vos dépens, il est au cabaret, à boire ;
N'importe, il faut joüer d'un tour de mon métier ;
Je vais vous déguiser, & vous viendrez crier
Pour appeler le monde.

THE'RAME.

Ah ! fy.

LA VERDURE.

Laissez-moy faire.

C iij

THÉRAME.

Je ne pouray jamais.

LA VERDURE.

Mais il est necessaire,
Monsieur, que vous joüiez un rôle en tout cecy.

THÉRAME.

Mais.....

LA VERDURE.

Pour mieux attraper le vieillard. Le voici.
Entrez vîte.

THÉRAME.

Allons donc.

LA VERDURE.

Toy, Grison, fais ensorte
D'amuser un moment le vieillard à la porte,
Pour nous donner le temps.

GRISON.

Il suffit, j'entens bien.

SCENE XXII.

FRONIMOND, DANDINET, LUCILE, GRISON.

FRONIMOND.

Voilà nôtre butor.

DANDINET.

Et ne luy dites rien,
Je n'ay jamais tant pris de plaisir en ma vie,
Qu'en voyant renverser les pots, la poterie.

FRONIMOND.

Il m'en coute, & cela n'est pas fort obligeant.

DANDINET.

Bon, le plaisir valoit la moitié de l'argent.

SCENE XXIII.

THERAME *déguisé en Indien.*

C'Est ici la victoire
       De la Foire :
Venez voir cet homme sans bras,
Qui fait avec ses pieds ce qu'on ne pourra croire,
Et ce qu'avec leurs mains d'autres ne seroient pas.

DANDINET.

Voyons l'homme sans bras, c'est ici qu'il demeure.

THERAME.

Oüi, Monsieur, & l'on va commencer tout à l'heure.

DANDINET.

De quel pays est-il ?

THERAME.

Des Indes

DANDINET.

                              Ah ! tant mieux.
Un Indien ; cela doit être curieux.
Si c'étoit un François : quand il feroit merveilles ;
Quand il enchanteroit les yeux & les oreilles,
Il ne me plairoit pas autant qu'un Indien :
Ah ! je suis là dessus du goût Parisien,
La nouveauté sur tout me plaît, bonne ou mauvaise.

THERAME.

Messieurs, mettez-vous-là, vous verez à vôtre aise.

On ouvre une premiere ferme.

DANDINET.

Plusieurs Indiens paroissent.

Eh bien, où donc est-il cet Indien sans bras ?

THERAME.

Monsieur, il va paroître, il ne commence pas?
On chante auparavant.

DANDINET.

Eh bien donc que l'on chante:
Mais pourquoi ces chansons, cela m'impatiente.

THERAME.

Les airs qu'on va chanter vous feront du plaisir;
Le hazard les a faits selon vôtre desir,
C'est sur la nouveauté.

DANDINET.

Je l'aime à toute outrance.

THERAME.

Seoyez-vous donc, Messieurs, afin que l'on com—
mence.

Une Indienne chante.

PREMIER COUPLET.

La nouveauté rend la Foire feconde,
Dans ces lieux chacun abonde,
Malgré les chaleurs de l'Eté.
Quel charme, quels attraits attirent tant de monde?
La nouveauté.

SECOND COUPLET.

La nouveauté fait changer la fortune;
Une belle trop commune
Perd tout le prix de fa beauté.
Qui vous fait tous courir de la blonde à la brune?
La nouveauté.

UN INDIEN chante.

Sans la nouveauté,
Tout ennuye
Dans la vie,
Sans la nouveauté.

Mon voisin entêté
Trouve ma femme jolie,
De la sienne il est dégoûté,
Et j'en suis enchanté.

Ensemble.

Sans la nouveauté,
Tout ennuye
Dans la vie,
Sans la nouveauté.

Quatre Indiens conduisent un petit Theatre, sur lequel est la Verdure, sous la figure de l'homme sans bras de la Foire. Il a à côté de lui deux autres Indiens qui joüent du Haut-bois, & se mêlent avec l'Orquestre pour joüer la marche, sur laquelle ils arrivent.

LA VERDURE *ôte son chapeau avec son pied, & saluë la compagnie.*
L'Indien sans pareil est vôtre serviteur,
Messieurs & Dames, c'est pour lui beaucoup
d'honneur
De pouvoir divertir l'honnête compagnie ;
Et c'est de tout son cœur qu'il vous en remercie.
DANDINET *riant.*
Ma foi je suis sçavant plus que je ne pensois,
Et j'entends l'Indien tout comme le François.
FRONIMOND.
Voir un homme sans bras n'est qu'une bagatelle ;
Et ce n'est pas pour nous une chose nouvelle.
THERAME *déguisé.*
Ce qu'il fait de ses pieds, en fait la rareté.
DANDINET.
Tenez, pour exciter la curiosité
Vous devriez montrer une femme sans tête.

LA VERDURE.
Où diable la trouver ; il faudroit être bête,
Pour la vouloir chercher : l'on trouveroit bien mieux
Un homme sans cervelle, & même dans ces lieux.

DANDINET.
Cela s'adresse à vous, beau-pere, il vous regarde.

FRONIMOND.
Cela s'adresse à moi !

LA VERDURE.
Non, Monsieur, je n'ai garde.

DANDINET.
Comment seroit-ce à moi ?

LA VERDURE.
Monsieur, je ne dis rien.

DANDINET.
Partageons entre nous le compliment.

FRONIMOND.
Fort bien.

LA VERDURE.
Messieurs, les Indiens ont pouvoir de tout dire.

DANDINET.
Allez, j'ai de l'esprit, je prens cela pour rire.

FRONIMOND.
C'a voyons donc vos tours.

LA VERDURE.
J'en vais faire un charmant.
Quelqu'un sçait-il joüer au Piquet ?

DANDINET.
Ouy vrayment :
Personne en mon païs ne m'ose tenir tête.

FRONIMOND.
Et moy sans vanité je n'y suis pas trop bête.

LA VERDURE *bat les Cartes avec ses pieds.*
Allons, Messieurs, coupez, je vous donne la main.

FRONIMOND.
Ma foy, ce qu'il fait là passe l'effort humain !

THE'RAME *ôtant sa barbe.*
Profitons du moment, adorable Lucile.

LUCILE.
C'eſt vous Therame, oh Ciel !

THE'RAME.
Nôtre fuite eſt facile ;
Et ſi vous conſentez...

LUCILE.
Ouy, je conſens à tout,
Mon pere a mis, enfin, ma patience à bout :,
Et ma tante de plus par ſa lettre.

THE'RAME.
Lucile,
Nous en pourons parler dans un tems plus tranquile:
Mais à preſent je crains que le moindre regard.

LUCILE.
Allons.

SCENE XXV.

FRONIMOND, DANDINET, LA VERDURE.

LA VERDURE.

JE viens de faire un admirable écart.
Parlez ; mais ſans parler voilà mon jeu ſur table,
Et vous êtes repic, & capot.

DANDINET, *voyant qu'il eſt capot.*
Comment Diable ?

FRONIMOND.
Il a filé la carte, & pour nous abuſer...

LA VERDURE.

D'avoir la main subtile on ne peut n'accuser,
Puisque je n'en ai point.

DANDINET.

                    La chose est admirable,
Ne pourriez-vous point faire encore un tour
semblable ?

LA VERDURE.

Non pas ; mais là-dessus j'ai fait une chanson,
Je vais l'accompagner avec mon tympanon.

Il chante, & s'accompagne des pieds
avec le tympanon.
Si je n'ai ni mains ni bras,
C'est lors qu'il faut rendre :
Messieurs je n'en manque pas,
Quand il faut prendre :
Mais sur tout pour duper un sot,
Et le faire repic & capot,
Je ne suis pas manchot.

FRONIMOND.

C'en est assez, allons. Lucile, où donc est-elle ?

LA VERDURE

Vous plairoit-il encor quelque chanson nouvelle ?

FRONIMOND, *ne voyant point Lucile.*

Allez au Diable vous, & vôtre nouveauté :
Lucile . . . .

GRISON *montrant un autre côté que celuy*
par lequel Thérame a enlevé Lucile.
Elle a passé je crois de ce côté.

FRONIMOND.

Toute seule ?

GRISON.

        Je crois qu'un jeune homme l'emmeine.

FRONIMOND.

Et tôt courons après.

                                DANDINET.

DANDINET.
Bon, bon, c'est bien la peine.

FRONIMOND.
Comment donc? pour ma fille, est-ce là vôtre amour?

DANDINET.
Il est tard à present, demain il sera jour.
Cela se trouvera.

FRONIMOND.
Ciel ! quelle indifference !
J'enrage, & j'ay trop loin porté la complaisance :
J'ay refusé ma fille à Thérame, pour vous ;
Je m'en repens.

DANDINET.
Ah, ah !

FRONIMOND.
Vous n'êtes entre nous
Qu'un benêt, un vray sot.

DANDINET.
Gageons que c'est mon pere
Qui vous écrit cela ; c'est son stile ordinaire :
Il me donne toûjours de ces sobriquets-là.

FRONIMOND.
Que faire ? quel remede apporter à cela ?
Si celui qui l'enleve est de bonne famille,
Pour me vanger de vous, je luy donne ma fille.

LA VERDURE.
Il est bon Gentilhomme, il n'est rien plus certain,
J'en leveray le pied, & s'il le faut la main.

Il leve le pied & la main ensemble, &
quittant dans l'instant son habit d'Indien,
il paroît tout d'un coup sous la figure de
Valet.

C'est Thérame.

FRONIMOND.
Comment ?

LA VERDURE.

          Ouy Monſieur, c'eſt mon Maſtre,
Dans les bons ſentimens où je vous vois paraître.
Griſon va le chercher.

SCENE XXVI.

FRONIMOND, RAYMONDE, BLAISE, LA VERDURE.

RAYMONDE.

Je m'ennuye à la fin,
Et je pretens ſçavoir quel ſera mon deſtin.
Hola, quelqu'un ici n'a-t-il point vû Thérame,
Mon raviſſeur ? Le trouble augmente dans mon ame.

FRONIMOND.
Que cherchez-vous, ma ſœur ?

RAYMONDE.
          D'où viennent tous ces bruits ?

LA VERDURE.
C'eſt un enlevement.

RAYMONDE.
          J'en ſuis au moins, j'en ſuis,
N'allez pas m'oublier, c'eſt moy qui ſuis la Dame.

FRONIMOND.
Vous ?

RAYMONDE.
          Et le Cavalier eſt l'amoureux Thérame,
Qui m'enleve.

FRONIMOND.
          Comment ? & vous êtes ici,
Et ma fille avec luy ?

RAYMONDE.

Que veut dire ceci?

On s'est trompé.

BLAISE.

Sans doute, & Madame est Lucile.

RAYMONDE.

Non, je ne la suis pas.

BLAISE.

Je suis donc bien habile,
Et j'ay fait là, morguenne, un bel equiproquot,
Je connois apresent que je ne suis qu'un sot.

RAYMONDE.

Quoy c'étoit pour Lucile?

BLAISE.

Hé ouy, morgué.

RAYMONDE.

J'enrage.

BLAISE.

Et moy bien plus.

RAYMONDE.

Je veux me vanger de l'outrage.

FRONIMOND.

Bon, à qui vous en prendre, il faut, ma chere sœur,
Avaller la pilule aussi bien que Monsieur.

Montrant Dandinet.

Voicy Thérame.

SCENE DERNIERE.

FRONIMOND, THE'RAMÉ, LUCILE, RAYMONDE, DANDINET, LA VERDURE, GRISON, BLAISE.

RAYMONDE, *courant à Thérame.*

AH traître !

LA VERDURE, *la retenant.*

Oh doucement, Madame.

THERAME, *à Fronimond.*

Pour Lucile brûlant d'une innocente flame....

FRONIMOND.

Vous direz tout cela quand nous serons chez nous.

LUCILE.

Mon pere,....

FRONIMOND.

Recevez Thérame pour époux,
Ma fille, j'y consens.

DANDINET.

Ouy, ouy, laissez-moy faire :
Mon pere le sçaura.

RAYMONDE.

Pour moy dans ma colere
Une vangeance affreuse....

LA VERDURE.

Ah sans tant de raisons,
Laissez-nous s'il vous plaît achever nos chansons.

FIN.

DIVERTISSEMENT.

*Plusieurs Indiens & Indiennes forment des Danses
à la maniere de leur Païs.*

UNE INDIENNE chante.

*Deux Papillons amoureux
D'une fleur brillante & nouvelle,
Voloient sans cesse autour d'elle :
Le plus aimable des deux
Sçut ravir une fleur si belle,
Tandis que l'autre malheureux
Vint se brûler à la chandelle.*

ENTRE'E D'INDIENS
& d'Indiennes.

UN INDIEN chante.

*La Foire est franche, jeune beauté,
Laissez dire un pere entété,
La Foire est franche :
Qu'il choisisse à sa volonté ;
Mais si de quelqu'autre côté
Vôtre cœur panche,
La Foire est franche.*

UNE INDIENNE. chante.

*La Foire est franche, point de jaloux,
Point de jalouses parmi nous,
La Foire est franche.*

A sa voisine mon époux
Peut ici donner rendez-vous ;
Mais en revanche
La Foire est franche.

LA VERDURE chante au Parterre.

La Foire est franche, voici l'instant
Où chacun dit son sentiment,
La Foire est franche.
Nos soins n'auront pas été vains,
Si le Parterre bat des mains,
C'est lui qui tranche,
La Foire est franche.

Fin du Divertissement.

PERMISSION.

Veu, permis ce 4. Août 1709.

M. R. DE VOYER D'ARGENSON.

Regiſtrée ſur le Livre de la Communauté d.s Libraires & Imprimeurs de Paris, Nº 144. conformement aux Reglemens, notamment à l'Arrêt de la Cour, de Parlement du 3. Decembre 1705. Ce 30. Septembre mil ſept cent neuf.
Signé, DE LAUNAY, Syndic.

www.ingramcontent.com/pod-product-compliance
Ingram Content Group UK Ltd.
Pitfield, Milton Keynes, MK11 3LW, UK
UKHW021130140726
13695UKWH00004B/1825